主编 凌翔

当

穿行在乡愁里的新月

传凌云　著

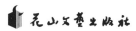
花山文艺出版社

图书在版编目 (CIP) 数据

穿行在乡愁里的新月 / 传凌云著 . -- 石家庄：花
山文艺出版社，2024.2
ISBN 978-7-5511-6998-1

Ⅰ. ①穿… Ⅱ. ①传… Ⅲ. ①诗集－中国－当代
Ⅳ. ① I227

中国国家版本馆 CIP 数据核字（2024）第 014141 号

书　　名：**穿行在乡愁里的新月**
CHUANXING ZAI XIANGCHOU LI DE XINYUE
著　　者：传凌云

责任编辑：梁东方
封面设计：邓小林
美术编辑：王爱芹
出版发行：花山文艺出版社（邮政编码：050061）
　　　　　（河北省石家庄市友谊北大街 330 号）
销售热线：0311-88643299/96/17
印　　刷：三河市中晟雅豪印务有限公司
经　　销：新华书店
开　　本：710 毫米 × 1000 毫米　1/16
印　　张：13.5
字　　数：180 千字
版　　次：2024 年 2 月第 1 版
　　　　　2024 年 2 月第 1 次印刷
书　　号：ISBN 978-7-5511-6998-1
定　　价：59.80 元

前言

我说的话越来越少
沉默是我的惯用语言
应世的万全之策

鸟语代我说话
车轮、双脚、逐渐蹒跚的步履，代我说话
仿佛天空装不下我的沉默
大地承载不了我越来越无边的无言

沉默愈深，栉风沐雨
沉默的人，越来越透明
透得过所有的光明
光照人间，遍洒人间

目录

三、南湖手记

四、灵的歌吟

五、"借句"与"微诗"

六、光从东方升起

一、擎一盏灯

晚开的白玉兰

白玉兰盛大开放，忘记了——
时间，整个世界的冷落

无声、舒展、洁净、固执……
固守白莲品质，绽开我——
心底久蓄的泪
满目南山的梅花

风铃

写下你——

倒吊的金钟、朝天的喇叭

你的红白粉紫蓝、缤纷的世界

声音掠过的世界的角角落落

照亮五十亿分之一的我的春天和快乐

曾经逼仄的一生

街头

坐在街头
没有人知道我是谁
没有人关心我是谁
看夕阳听秋风
车辆、行人从身边穿行

坐在街头
没有谁在等我
没有人与我相关
即使被可能熟识的人看见
他也不会想到我是谁

流浪，流浪
一朵云浮在眼前
更多浮云在天空

流浪，流浪
将落的夕阳看遍红尘，拍遍栏杆
与我，站在同一地平线

风中的树

摇摆、挣扎，挣不脱
风的袭扰、抽打
或者束缚

风，又在窗外冲撞、梭巡
此刻，允许你
跌入怀中，与我一同哭泣

会说话的身体

用冷汗、虚脱叙说
近百年的岁月与沧桑

用疼痛、块垒叙说
一辈子的委屈与迁就

用畸变、退行叙说
安返童年、复归尘土的必然

银杏叶

历秋，沐雨
方见
金灿与黑褐分明

木生，人生
不过如此
几根褐杆，些许碎枝

小雪 · 梅花

一枝就一枝，独秀在
一片原野的孤独中
赶紧画一个圈，锁住
小心，它会带着我一起
逸出这苍白的世界之外……

白玉兰

群群白鸽，仰望春天
围坐在棵棵树冠、掀发的风里

天空垂下群群小葫芦
洒下日光和心跳

这样的白昼，适合思念和倾诉
这样的白昼，每一朵花、蕾，都叫春天

擎一盏灯

种下根苗
打一圈玻璃墙围上
人保护火
火把人逼到墙角
火把人遏制在风中鞍上一辈子

一打吨
仅能在盛世博物馆陈列架
凸显荣光、曾经

晚秋

秋风一夜凋碧树
看——
吹换了人间

处处是风的影子
雨的飘零的细脚
雪的预兆和序幕……

人生就是慢慢地活

说抛下也就抛下了
工作、写作，庄稼、作物，家和孩子
没有一样能挽留住你

走得太早了
但这也不仅仅是你的悲剧
不能完全表达你带给文友的悲伤

生而雷同——所有生形式都差不多
悲而熟套——所有悲都呼天抢地
即使突遭意外身亡，也不能避免与某些人同属一类
更别说受制于人、泯然于人，种种生而为人的相似

看你尚年轻的脸，听你离去的消息
悲伤愈趋沉重
或许，从你身上，我看到了每个人命运的必然

别把所有的事都做完，别事事苛求完美
透支今天，透支自己
人生就是要慢慢地活
就是要做好人，一生平安，身后坦途

丈量故土

扑棱棱，飞走一拨，再飞走一拨
剩下几只，或真或假、大智若愚
坚守一堆废柴、几蓬剪下的苹果树枝为家
若无其事，又极其警觉
有意无意瞥你几眼，蜷身缩颈晒暖

……飞翔的不只是酸枣树、芦花和风
簇拥着它们长大的篱笆
篱笆上覆盖的细黄藤

苹果花谢了，苹果谢了，苹果树以麻雀为果
成片的香茅，摇晃，慵懒
像失却了窑面、向大地洞开的废砖窑洞
像儿时画出的鼻子连着双眉、双眼黑洞的人脸

洋荠荠草成簇，花一样盛开
把大地拉伸成画屏、旷野
一望无际的麦行，暗示着季节——冬春交接

昔日的看果人、偷果小朋友远去
顺着畦垅，便可一直走进馋嘴的童年

红红的苹果、黄黄的酥梨隔墙相望

风霜淹没了长满幻想和果树的深沟
淹没了还剩半壁的烧砖窑和它的残门
祖辈再也不用挑着水担上上下下
垃圾、土尘、公坟地陪伴着他们在田间飞旋

想家了，穿灰着黑但现在已透明、无形的先人们
再也不用爬高上梯——走路、赶牛车、拉粪车
一条坦途便能返回村庄并通达四方

一代代后辈步先人后尘，一次次返回、丈量故土
他们要给梦一个准确的地址，让回忆、未来
一步步行在刀尖、站在心尖之上……

悲哀，厚厚地落了一层

雪不知道何时降临
像心中的悲哀，一经发现便厚厚地落了一层

蓬蓬松松，像雪地里双双小眼睛躲在雪层内簇拥、张望
像蕴藏无数秘密的日子

……雪，何以知我心事，特地赶来给我送信、拥抱
每一寸肌肤都在叙说，洁白与悲哀持续或间断增盈

独独隐去：雪中的水分、盐分——泪
隐去，待到天晴，泥污继而百了，继而化水成春的终局

抱紧取暖成花

从天而降的微粒
像落地便卑微、渺小的我
把自己抱紧取暖，成花
也改变不了低凹不见的结局

于是，凝集成更大的团、块，花团锦簇
像灾难，像风暴，像寒流
像人性、人生
总在雪里汲取微温

二、这个春天

春雪

道路湿透，土、花草、灌木
路边，女贞子、雪松落上了薄雪
梧桐的黄叶、栾树的灯笼残果镶上银边
与两排苦楝的小金果对望
路两旁，雪扯起白帐覆盖两溜儿小轿车

雪，从什么时候开始
成就这银妆间或湿漉漉的天地
一粒粒雪，坠地扑面瞬间变泪
——它们想洗净病毒与世界
让过去和未来重新开始……

迸发出一颗诗心暖化春天

能有什么，足以让
所有日子黯然失色
春节，元宵，雨水，惊蛰
甚至由西方舶来的情人节……

窗外，阳光、蓝天
暗暗萌发的苞蕾、白云
望得见——春天暴涨的心
内心的贮藏、燃烧的火焰

春天，正舒翼飞来
春天，正张臂环抱
天底下——
失措的人，不安的人

厚厚的土层、胶着的生死搏斗中
二月，迸发出一颗诗心
温暖此刻，暖化整个春天
化身亘古自然拯救、掩埋人类

迎风站成一面猎猎的旗帜

经历了太多的事
已习惯了：不轻易让春风
大大小小的风暴
惊醒自己，惊动内心

就像惊雷不能炸醒
这个春天早已于惊蛰前石化的龙骨
不醒，却会在内里
一次次累积
最后一次被击伤击溃的内伤

不忧不惧，不倒向谁，不向谁示好求饶
此时，即便仅是一条装饰围巾，迎风
它也想把自己站成一面猎猎的旗

公平的美，须要繁花似锦赶来标记和授奖

春一分为二，前一半与后一半
昼与夜，时相等，阴阳平
最公平的美须要
繁花似锦赶来标记和授奖

踏春而去——
一弯浅笑，万千深情
忘却所有幽昧、不快
只记取：元鸟来栖北寒地
莺飞草长，辽阔大地照春光
只记取：落雨雷声、闪电凌空今始盛
桃红柳绿迎春黄
一切均是春、自然和生活正常秩序
只记取：贮一腔繁华、满面温煦
从此笑对人间苦寒

春天里，与某些事物告别

凉，瞬间传遍手指、全身
管道、锅炉、压力泵，均停
就像人，身心俱冷
就像，春天里，总有人要离开
走得那么彻底

百花盛开抛在身后
婉转鸟鸣抛在身后
春天阳光抛在身后
满面春风的人抛在身后

记忆褪去，昨天褪去
今天明天也将褪去
属于离开者的
只有告别

春天来了，有人前行，有人要离开
有人要历经春夏秋冬并反复轮回
有人不得不退行，退至这场春天没有到来前的蒙昧
就像某些人、某些事物，不得不进行的告别
继而洒泪成河，泪洒长河

走好，珍重

——悼诗人洪烛 [1]

人不在，朋友圈还在

朋友圈还在，人已远去

习惯了天天告别、结束

依然不习惯，您从"部分消失" [2]

到生命完全化作风烛熄灭

把诗歌、世界，文学

还有在乎的友谊，一定走入的北京、人间完全抛却

犹记，诗会上一起品啜"泸州老窖" [3]

犹记，一起合影，你把所有普通作者尊严照顾

犹记，你的一把《桃花扇》 [4] 被众人收藏被秦淮河牢记

犹记，你的爱情诗及诗歌刀斧

一次次打开新视角

注：1. 洪烛（1967—2020），原名王军，生于南京，著名诗人，因病于 2020 年
3 月 18 日在南京去世。

2. "部分消失"，这里是指由"中风"引起的身体功能障碍。

3. 泸州老窖，一种白酒品牌；中国浓香型白酒的发源地。

4.《桃花扇》，诗人洪烛的一首著名的写秦淮河的诗歌，题目就叫《桃花扇》。

把"诗坛钉子户""一级战士"¹的美名翻新
写下对爱、艺术、生活的绵绵深情

你是师长，诗坛宿将，然而却不老
不老，却于五十三岁溘然长逝
人生无常的天则
再一次砸下并屡屡被验证

走好，珍重
你的朋友、同行、后来者
会把世间的一切，包括不平
当作坦途，当作现世安好
坚定地走下去，只要生命还在……

注：1."诗坛钉子户""一级战士"，由于诗人洪烛对诗歌执着且卓有成就、引
人瞩目，所以朋友们戏称他为"诗坛钉子户""一级战士"。

这个春天

遍地油菜寂寞黄
之前之后的因与果
已无力或不再倾吐

春天把疾病、花瓣、绿色
齐齐张开
此外，一律用无言、沉默作答

满地的金黄曲线，上帝指纹
把"秦岭四宝"朱鹮、大熊猫、金丝猴和羚牛邀入怀中
但，仍没有人回应她的热烈绽放

黄绿相间的单纯色
——屡屡失语
寂静无声，无声无泪

这个春天——主题辜负
辜负了百种花开，辜负了灼人的阳光
辜负了千种春色、万般事物
但从没人辜负，对自身和因己而群的呵护

其实，天地、自然面前，人永远都是

需要庇护、自救，然后回护

自然、人类之子……

找到的春天

春天，是樱花透过树干的遮蔽开放
春天，是银杏在樱红背后悄悄开放
春天，是一树粉樱在马尾松的倔强中开放
春天，是绿杨孤独或成簇开放

春天是千顷麦苗凝视万亩梨花开放
春天是油菜花的嫩黄，不易察觉的羞赧
春天，明亮、幽暗；春天，白昼、黑夜
点点都是新生，天天陪伴身边

春天，迎送百年，我依然如十八岁少年新鲜
春天，活过百岁，我依然能在
活过的所有的世态炎凉中找到并命名春天

未来，一切依然

未来，花依然
紫藤花千挂万串
左右东西处处是它

未来，春依然
方过立春，又过春分
春色已然换夏妆

未来，宇宙依然
转过秋，转过冬
又是新季甫节

未来，尘依然土依然
劈开一切美好、残酷
把围观者、当事者、路过无关者
有中变无，无中生有，有再变无

翻阅年轮的书

翻阅年轮的书
把岁月翻旧、翻厚
把少年翻成白头

翻阅年轮的书
零存整取或不取，把单字变行，把独页变册
书的品质、价值，由时间评判

翻阅年轮的书
人生的厚度、辛苦
多数由读书的厚度铸就

翻阅年轮的书
把日子调出芳香
把苦水淘出日月，气质调出光华

逝去的日子

心头，仿佛切下一刀
剩余的生命又少了一截
一刀一刀，不同的刀子、刀手
反复切割，越来越短小

像老辈人记忆中的食粮青黄不接
六月炽阳炙烤枯涸的焦灼
谁又在重复下一轮开始
日子在焦灼的幻象中更焦灼

把昼夜变作两天
一天拖长至　年
生命是否会变相延长
若孩童细数"一、二、三、四……"
学翻新书、故卷……
刀子的紧逼藏于身后，视而不见

天气重新晴和，大地仿佛
首次张开新生的双眼
业已逼仄的世界应和着
一切奔向终点而渐趋平缓宽阔

岁月仍是新

新，无数次翻新

翻新后的新，仍是新：崭新、簇新

像落了一层薄灰，蒙了一层淡雾

像无数次经历过、想留驻却最终秒逝的

春、遇见、惊喜瞬间

喜中有忧，喜忧参半

过好每个季节，每一个日子

谁的喃喃，细若海子吟哦——

面朝大海，春暖花开……

喂马、劈柴、关心粮食和蔬菜……

人间烟火，这样的日子

分与秒总是静和动，簇新和上升的混合体

稍纵即逝，永不再来

新年来了，春来了

日子簇新，节礼簇新，年画簇新

迎春的人，心，世界簇新……

——即使暂时没有，也要先强予新的形式

新是支撑苍苍老者

步步妥行的拐杖

新是托起轻疾舞者、行者
面向未来飞翔或前行的翅膀
看，他们正一步一步走来
将遭际的酷冬、灾难、瘟疫……
统统重踩脚下，狠狠碾过……

旭日当头，旧的他们
从头到脚，由内到外，洗涤一新
身体每一个细胞、每一道缝隙
空灵透亮，犹如处子新生……

立春

立，就是始建，建立一种新事物新秩序
从去年种下一粒希望
杏红、樱红、桃红便渐次醒来
以蕾的形式，暗藏或绽开等待

——蕾，鲜红的蕾，羞涩的蕾
我知道你的内敛与尊贵
你的绽放是春天脱离冬的桎梏重生
是一个未知、盛大的开始

为了迎接你到来，为了走近你
把自己变成你，最接近你的模样
变成勃发、萌动
变成整个春天，与你匹配

你是春天，你是新
你是整个春季，你是一生一世
所有与春天有关的其他的物象、物候
不用去看，它们就是你
你的缩小、放大或变形
你就是它们，一起绽放，一起回归

一起变成最美的未来

为了你，看遍整个世界
为了你，放弃整个世界
只选择守望，然后在对你的爱情里
看到一个更奇妙、更完整、更鲜红的世界

年味

越来越红的红灯笼、吉祥喜庆的吉祥物
渐行渐远而又倏忽拉近的父母、亲人及团聚
普通，而愈来分量愈重的孩子、亲人及亲情
每过一年，这些"微不足道的"，分量愈重
直到你年老体衰不得不放弃

元日迎新辞

太阳跃出地平线
这日日之新,而今有了
新高度新开始,被我揣进了怀中
胸中一片敞亮,撑高斗室

日子,就要在鼓励中
反复命名、提升,增添意义
埋葬旧日子,旧心情
旧悲情,旧感伤

捧起一轮日月,一枚春天
一支美神的新发簪
我恳请停留在这新崭崭的时刻
让新渗透身心,让太阳透亮
一无遮拦瞭望无物的空空身心

过去的日子,如若还有记忆
也请忘却我们曾无数次地类似的请求
这一刻,时间是新的
我是新的,全世界是簇新的

忘掉刚刚落下的雪

还打滑的路面，刚洒过的泪

正身经的疾病、罹难的家园和苦难

重新出发，春天，呈现我们想要的模样

人生第五十个春天

这一生已过了多少个新年
每一个年，都是线段
线段两头，新旧交替，白昼脱出黑夜
而中间是重复或大同小异
一旦变化便被称为动荡
是喜和忧，平淡无奇或大喜大悲
在平淡中，小孩长成大人
大人变为老人，老人走进垂暮
艳羡所有的年轻

新年，人生第五十个春天
第一万八千二百六十个新日子
捧起这新，这日子，这生活
小心翼翼，怕摔碎，怕荒废
怕对不起愈来愈有限的新，和它的到来
每一个与新的久别与重逢

新年，人生第五十个春天
第一万八千二百六十个新日子
把日子细品，拉长
余生，我必须擅长以少胜多以无生众

在新旧交替的边缘，回顾，归零，展望
和最愿意的人携手
做最意义的事，当最有意义的人
迎接第无数个新年新日子新时刻

樱桃树

盛开的小白花，零星，孤独
绿色的叶丛仿佛只为映衬环护花朵耀眼的白
小小白花，敛聚起小小的心事
从花萼开始凝集，敛化，长大

绿聚集至极限
红色的油彩滴成形，悬挂
光明，就是眼眸中的光
照亮渴望春天、收成的眼睛

与你白色的花、青碧的果相遇
与你绿茸茸的新叶眼神相挽
怦怦的火苗在心头枝头
闪耀，震颤

万物齐发，万物皆为兄弟姐妹亲人
单棵或单枝迎风，你又如此孤独
似万事万物各自独对清明之明之伤
又似人间苦客直面世间无言万殇

春之诗

给春天写一首诗
用最美的颜色，最轻灵的韵脚
饱蘸爱情和热望
春天待我如亲人
它最柔的细语最轻贴的脚步
踏过心扉，田间院落登时花开辽阔

春天笑我心永远不老
和它一样刚挣脱冬的襁褓
就想把所有嫩芽，鲜花抱满怀中
它呀，新鲜，莽撞，一路跌跑
也许最深的心思
埋藏在最鲜嫩的表里

或许有人看透，或没有，但却随它
年年重复更新四季、改天换地的事业
在时间和世界的坐标
留下道道喜悦、伤痕和成长印记

这个春天，我还要重新把握好开头
坚定不变地，和它牵手

无忧无惧，以亘古愈新的美好

笑对春光秋收酷暑严寒

春天的等待

除夕等在前方，春节等在前方的前方
你等在看不见的地方，望望不见，念之心焦
说你，你也许只是符号、希望、无可名状的期冀
但我已习惯于把最亲最近的称呼给你

"人活一世，树长一生，总得有个盼头……"
就这样，想之念之半个世纪
就这样，它让你想而念之已近半生
都说除旧迎新，但若自己本身就是旧呢
那便要自我更新，或被弃而换之

新春已至，谁在门口探头探脑
或喜，或厌，或探究，或魅惑
有人甚至欲挖出地心的火或蜜，饮之啜之

不管对谁，春都燃起一把微温或彤红的火
让他一次次重新开头，哪怕徒劳无功
哪怕最终写成一篇蹩脚的废文
但，谁都拥有再落笔和站回跑道的权利

一次次担心、失语，一次次站回起跑线

这一次，我打算慢慢跑或走

看准目标，把起点线放下，把花摘下

把心放缓，放在最高处，接受自己的膜拜与抚爱

三、南湖手记

湖水映照天地、宇宙

平静如镜，其实也不平静
水面荡起岁月的皱纹
暗示水底的暗流、礁石、深坑
以及可能的漩涡

湖水，就是人心，容纳照见
天地、宇宙、人生和岁月的久长
跃起的、潜行的、浮游的水草和鱼
甚至划桨驶来的船，偶现的舴艋舟
一晃即逝

孤独是永恒的基调
看见，不见，甚至忘记
属于我的，都是欣悦
独立，自由，幸福……

露水的眼睛

雨停了，前后左右
还有头顶树叶，铺了满地的草坪、花草
到处都是露水眼睛
——栖身于旷野，你浑身的眼睛想要看谁

石榴吐红

五月石榴花把红收藏，隐去几日
又悄悄把双倍的红，给了后来者六月石榴果

一分，一分，熬过寂寞
熬红了整个季节，红了经年

进退不是哲学，进退都是哲学
哲学就隐藏在顺应自然中

而我，百次相识，仍宁愿你
永远是不知进退和保身明哲的少年花红

今晚的湖桥

纤纤，盘盘，田田
潺潺惊起的水波之上，金鱼画上音符，浅唱新曲，水草敲击节奏

一百次选择，一百次是你
一万次选择，一万次仍是你

荡漾在深色、浅色、黝黑、冰凉、颤动的微波里
色彩、墨色，是最复杂的表达

沉默是今晚的虹桥
沉默是今晚的湖桥

在湖桥的微波里，水——永远达融、仁爱的智者
生命的源、升华和容纳……

不说再见，永世相随
在生命、抉择的每一个喜悦、绝望或决绝中

盛夏，同一瞬间相同树种的不同状态

全枯，大半枯，半枯
少量枯，枝梢枯，全绿

树的生命过程
树的生命复苏或倒序过程

人的生命过程
人的生命复苏或倒序过程

时间静止
生活的一个个截面突显

个体的每一份独特遭遇
于别人、世界都是普通与必然

树和人，集体隐而不言——
荣枯背后的大变革、大迁徙

司空见惯、几乎忘却的磨砺与苦难
自然的法则

晨露

哭了一夜
还没淌干的泪
继续交给
阳光和风

隐忍、含蓄
或许不如顺应自然
在晾干风干中
获取升华或滋润万物

露

雨后，每一根草上
都饱含泪珠，不忍直视

泪干了再生，生了再干
周而复始，完成一生

一代如此
下一代，下一代又在继续

除了时间，还有什么
在持续、拉长、增长或者成长

油彩之夜：光之静舞与炫彩

油彩染红了夜的黑暗
时光凝固，千古愁、万古愁凝成雕塑
从桥上走过，就是从水中走过
从人间走过，就是从天堂走过

时间是静谧的诗
夜是静谧的时间
夜、诗、人、岁月，两两相忘
诉说漫漫时空的短暂相遇

此生，该说的，已说了很多
此刻，只要此刻
只要这夜之静，光之静舞
光之短暂与炫彩

舞柳

纵横交错，狂甩发枝
聚集，独生
幅幅都是画
帧帧都是生活况味

阳光知你风韵，风云知你气节
阴雨雪晴知你纤柔而不媚弱
与你一起相伴，一起写就
寂寞，高洁，澄怀，孤独……

让喧嚣更喧嚣，让寂静更寂静
孤独打不败孤独，寂寞击不垮寂寞
依旧风中瑟瑟
依旧柔韧坚挺于生存深处

水之舞

窃窃私语，深情互诉
秋从红叶石楠齐刷刷的嫩叶尖走来
从青石瘤状膨胀的腹部红走来
从细雨的斜织中走来
从暴雨的狠狠拍打中走来
从你欢乐的歌中走来
从你忧伤的歌中走来
从你铿锵的节奏中走来

就这么，轻轻悄悄
以湖面为舞台，天地为背景，山色为衬托
至柔至刚，至含至放
至喜至忧，至疾至徐
至激越至低沉
婀娜摇摆，千旋交互

集聚造型，单柱独诉
灵魂的声音
以音乐，以绘画形式
独舞于天地，人间
仿佛不因谁歌，不为谁舞，只为淋漓

水落而意不绝
音绝而歌舞又起
几多喜忧，几多雄心悲壮
唯歌之、舞之、挥洒之、含蓄之
一舞永恒，余音绕梁

岸边，什么时候聚起
这么多眼睛、耳朵、镜头
南湖无声，人群无声
月亮、白云、山水悄然应和

水啊，此刻，你舞何尝不是你我在舞
何尝不是替你我、世人、民族、世界而舞

南湖一角

没人留意，透过长廊窗棂
赤橙黄绿青蓝紫多么炫亮
没人留意，借一缕阳光
草地那么鲜绿，天空蓝得那么善变

入夜的天空多么清澈
鲜红的招牌、灯箱影子多么悠长
射灯下，柳条那么温柔
阁楼正绽放神性异彩

一杆路灯，亮过
大放光彩的巨星
来来往往的身影
忙碌而孤单

走近这一角，仿佛走进温暖
走近心爱的人、物、事
嘴角的笑意悄悄填满蹙眉、空心
而天地、宇宙，此刻，不属于任何人

睡莲

清水，绿泥，不论身正与影斜
朱裳剔透、白纱精雕
锐气，不容亵渎

一种气质，秉持千年
贴于水面、低在水底
依然博人尊敬

碗里，缸里，池塘，湖泊
立足处可大可小，需要供养、自由与否
质地不变，志趣不变

白莲

一定是什么我不知道的节日
白莲花开，悄然而盛大

她们在坚守什么，等待什么
庆祝什么，蓄含什么

静穆而圣洁，热烈而静寂
崭新、出尘、潇逸的时刻，我多希望——

你是我，我是你
你是我们，我们是你

坚守最美最纯净的时刻，与理想
一生中的黑暗、辛酸、泥污、埋没

全化作此刻的迸发——
一瞬，就是永恒

雨 · 湖

水洗过的世界……原谅我
找不到更合适的词形容你
白云、蓝天专为你设
浩瀚的天空是你的一部分

简约，这里只允许简约
整个天空从浩远里掉落下来
人在其间，顶天立地
俗心杂念，无处遁形

简约，这里只允许简约
灰色角钢简搭的高厅
庇护人群免遭世俗
和日晒雨淋的中伤

简约，不容纤尘
云在天空舞蹈，云在水中舞蹈
那么清晰、澄澈，水的胸怀整个世界、天地
都是她们的舞台

我是岸上的一棵树，一株草，一块草地

在浩瀚的天地间，渺小成一颗露
眼里却装满世界
又滴落、微缩、横卧于一枝荷、一片叶

天空在身下飘浮
白云在身下层层铺向天宇
我是一片叶，悬浮在水面
我是一柄荷，悬浮在高空

——我是无，我是一粒尘
消失在了透明、明净中
消失在了万里明镜和纤尘不染的明净中
怀揣大千世界，不愿再回来

柳

剪去被风吹起的羽翼
风的起伏
柔软，附从，抚捋人心
善解人意，羞羞答答

亲和感、抚慰感、征服感、强大感的最佳来源地
永远恭候的姿态
终于把自己变成风景
画中浓墨重彩的一笔

——谁来抚慰你
赞美
或者鄙视
且慢——

柔，从来不是真正的软弱
柳已存活千年万年还将万万年
领地愈来愈多
亘古常新，弥新

湖面上倒映的弯月

波浪震荡碰撞
银片、金光汹涌
蟋蟀、秋蝉哀哀
鸣叫旷夜的宁静
生命特有的声音
只有此季才有的声音

是的，最后的机会了
一定要迸出最后的呐喊
心中久久的渴望，不平，块垒或从容
湖面上倒映的弯月
说与不说，说什么，或许毫无意义
秋至，冬必定要来
生命短暂，仍要继续

不妨就把它当作高鸣或圣洁
接通历史、圣贤与经典
不妨就把它视作最接近土地的呼吸
说出最初最深的真诚与梦想

天地、蟋蟀、寒蝉、秋风……

好了，我们就是一支强大的乐团

奏响丰收

奏响生命强音

奏响整个秋天

奏响往昔或彼此的微渺

曾经的涛声巨浪

此后平湖还会涌起的涛声

乡村夜空的半个月亮

乡村的夜空，电线纵横
几颗星子，轻俏闪动

月亮啊，为何这样
隐去一半只露一半

像乡里的后生女儿
出门在外，总是

隐去生活艰辛的一半
只报喜悦的半边

隐起粗粝辛酸
张扬快乐阳光丰硕

乡村的家，月儿一样圆圆的乡愁
幸运莫过于

一月一圆，一年一圆
大事大节一圆

半个月亮啊，一次次送出迎回
自己的儿女抓紧和放下故土

又一次次目送他们
走进远方走回滚滚的红尘

睡莲之花

箭镞刺破圆叶的重重铺伸
尖尖小角张开耀眼的白手指
层层掌捧蕊黄
——这安静、洁净的绽放
配得上任何形式的赞美

莲一日无语，莲一世无语
一生的情愫与生活经验
无声地诉与自己
诉与刚强，诉与清晨或雨后泪水
点亮、透明一生岁月

寂寞人间，千年相似
纵是七夕，天上人间，天堑变通途
若不自己点亮灯盏，暗夜靠谁照亮

水边的王，深爱这土地

走过我的木桥、玻璃桥
钢架桥和彩虹桥
我的红色塑胶智慧跑道、柏油步道
鹅卵石路、青草簇拥的青石板路

看——
鱼儿游弋，莲叶浮动
再力花挑起纤纤细杆骄傲颔首
洁净的湖水映出另一方天宇

映月潭依然坚守水中
黄荇、睡莲、红荷、白莲
渐次绽放、凋落
鸡爪槭、元宝槭、紫薇树、火炬树、石楠
伫立路旁

枇杷、山楂、皂角、海桐、松
举着不同色泽、性状的果实
凌霄、美丽月见草
紫、粉、蓝色的醉鱼草
芦苇、月季、美人蕉……

由岸上到水里，再从水里游上岸
频频向我点头、微笑、招手

不知名的鱼儿、鸟
还有其他动植物们，频频向我示好
或对我熟视无睹，惬意、自足
快乐着自己的快乐

我是这水边的王啊
我的臣民——花、草、鱼、虫、树木们
自由、快乐
而我，满心湿润、满身温暖、满目幸福
主人般骄傲一阵紧似一阵

我是这水边的王啊，无须加冕
任期：看到它们的一刻
与它们等高，等低，同乐，共忧
甚至先其忧而忧，后其乐而乐
因为我是这水边的王

我是这水边的王啊
随时上任，随时卸任
每天上任，每天卸任
同大多数来这里的人一样
但仍然深爱着这块土地
这水和这水边的事物

重巡南湖

别去数日，重回南湖
重巡寂静的秋和夜
山依旧，人依旧
水依旧，草木……万物依旧
只是，转眼已春夏秋冬
转眼已伫立秋深寒露中

爱你纤纤微瑟的秋草
爱你快要凋落的树木
爱你即将落雪的湖畔
积雪覆盖的微暖与严寒
爱你重回的春天
陪伴我雪染双鬓的露中春秋与日月
爱你不绝的四季与循坏
爱你不息的盛衰与轮回

都说人生悠长又颠沛
都说人世流离又失所
都说爱时常只是习惯叠加
那就让她重复加法
让她扎根生命最深处

南行笔记 · 隧道与隧道的间隔，光点亮崇山峻岭

高铁不断穿洞

山与山、岭与岭之间

短暂的间隔

点亮纵横的崇山与峻岭

如一帧帧油画，突然展开

清新，贴近，可嗅

但只一瞬，暗，已成自然

对光明的记忆要靠回忆补齐

——啊，好一片开阔之地

在山的背后

南山与南山之间

秦山与巴水之间

——摊开

——啊，好一摊雪白的芦苇

静静守候在明净的水面

静享等待着夕阳的照映

人去船息的渔歌晚唱

短暂相见，而后永久留在原处
如同一众乍见即分手的相遇
很久以后，总在不经意间
被记忆重新点亮

雨中琴台

琴在汉阳
琴在神州
琴在古蜀
琴在虚无中
琴在成都琴台古径
琴在潇潇秋雨
琴在蜀风雅韵
琴在街边琳琅满目的商品、古建中

琴在司马相如的《凤求凰》中
琴在卓文君当垆卖酒的故事中
琴在俞伯牙、钟子期高山流水
舍他其谁的相知相惜中
琴在对高古情怀的延绵、执着中
琴在古今中外现代与古典的交互、穿梭中

人类在，琴就在
琴在，人类就在

大自然执笔留下写生

用墨绿写下松柏，雨点写下湖水和涟漪
倒影写下楼的高耸，光的旖旎
距离写下绿的重林，墨的树城

灯光把影子拖铺入半个湖面
塑胶步道招来路灯的光亮
写就一坨一坨抽象长卷
细雨下，木板路桥被光的巧手变成明镜
岸上山、水中山，一改往日青黛、碧绿
将远光的轮辐扛在肩
将行人、路、桥、台、木，谱写成童话、交响

绕行一周，再绕行一周……
片片、堆堆、点点、满天
厚厚的哀伤和忧郁
被雨和我共同写成一首首
诗情画意俱佳的歌
搭乘涟漪、微风之舟扩散

南湖，南湖……除了你，何处是心安
何处是世人世界的边缘或故乡……

冬日的叶

落叶纷纷，凋零
宣告冬的到来

身体猛然收紧
许多与死亡有关的消息纷至沓来

无法说悲伤，除了更深更快地坠落
无法说悲伤，除了短暂的静止、凝滞

冬天啊，请让一枚叶安全着陆在你的怀
就像一片叶落地化泥，融入大地内部

水面急促扑扇翅膀的鸟

细细的喷水管
仿佛无法承载
你的体重
急促扑闪的翅膀
与平衡

第一次见你，你独栖那里
第二天见你，你仍独栖那里
是脚爪被卡还是有意的自主选择

要不要呼吁或下水救你
要不要替你拨打"110""120"
求助鸟类保护机构

第三天你在那里
第四天你在那里
除偶尔暂离，第 N 天、数月后
你仍在那里

翅膀剧烈扑闪
仿佛仍是随时"扑腾"坠落湖中

是贪恋茫茫水域形单影只的孤独、渺邈

还是在水中寻找、等待什么

有一种选择叫无怨无悔

有一种选择叫执着或至死不悔

夜色里起舞的荷

夜色里，只有起舞的荷
醒目，亮出自己
亮出被风吹动的瞩目的身影

光从地平线来，光从斜面来
唯有这些起舞的疏影
黑暗里，才能显现自己

如果此时从天上俯视
会看到什么

那些直面蓝天，正面向上的花、叶
汹涌如涛，圆圆、连绵
水光、远山、高天、白云
这些属于白天的美，只能交由白天和光明品赏

立冬

顶着一束束雪花
谁把盛开了一年的心事收藏
该到来的已来
没有出发的不再等待

"冬，终也"，站立的终，伏眠的终
站得越笔直，越孤绝凝重
柔软的心独对
举世的严寒和坚硬

立冬水始冰，五日地始冻
再五日，雉入水为蜃[1]
"海市蜃楼……"因了这点渺远的念想
耐心在生长，等待愈来愈长

注：1. 立冬有"三候"，"一候（立冬）水始冰；二候（过五日）地始冻；三
候（再五日）雉入大水为蜃。"其中第三候"雉入大水为蜃"里的
"雉"即指野鸡一类的大鸟，"蜃"为"大蛤"。在慧性思维方面理解
"蜃"，它是传说中的蛟属，能吐气成海市蜃楼，亦指海市蜃楼。立冬
后，野鸡一类的大鸟便不多见了，而海边却可以看到外壳与野鸡的线
条及颜色相似的"大蛤"，所以古人认为，"雉"到立冬后便变成"大
蛤"了。

刚露出的芽，因暖而绽开的蕾，迅速折损
低头俯身，汲取地心的水和暖凉
立冬，有些事物站起
有些事物伏眠

冬阳将一点儿、一点儿变冷又变暖
一如庭院堆积铺满盛开的雪
终将把春天变成只手可握的花束
从向阳的山坡开始，烂漫整个大地

叶的呐喊

仿佛接到了命令
叶子齐齐拍手
自觉地走向了发黄枯落

坠落在地，踩上几脚
咯咯吱吱的尖叫，打动了谁的心
除却接纳一切的大地和腐败

寂静

凉，还有悲伤，就像这
遍坡的冬草与荒凉

所有的春都隐藏在
冬之下，雪之下，枯萎将衰之下

岁月狰狞，无情居多，书之难尽
如同儿时喜欢或憎恶的伙伴找到也缄默

为寂静而歌，为生活而歌
我是生活天生或后天造就的歌手

天下沉默的事物，喧哗的事物
变身，或者本色，以我的口笔歌唱

湖面，沉默在夜色里
灯光、霓虹，绘画在夜色里

路，将寂静推向幽深
无声，却回应着夜的脚步

四、灵的歌吟

一只鹭鸶假装睡着了

静，终于静下来了
飞过了万水千山
飞过了险阻重重

无法放下的，还有亲眷的牵念
无法言语的烦累、辛酸
静下来了，终于静下来了

像哲人临渊，仁者乐山，智者乐水
水，照出了你的影子和境况——
一只鹭鸶面对溪流，假装睡着了

我却知道，你醒着
生活醒着，痛醒着
假寐后，你仍要继续
飞越、捕猎、生存的天命

面对溪流，一只鹭鸶
睡与醒
都是短暂的

万花筒

光学现象，冰冷的词汇，仿佛真理、冷漠
无数次浇灭幻象的艳丽
做到冷静、理性，先要见识过
有序和无序的多滋、华彩
有规律和无规律的万化千迁

为收益，美，或抵御单调
有人创造了万花筒内的繁复
转动、打破、重建，转动、打破、重建……
历史进步，时代发展，时间更迭
太阳下，除了此之外，了无新意

而你——一只万花筒，还告诉我
欲见繁华、层叠与美
须先将眼睛贴近，眼界缩为一孔
须先将眼睛和真相
以棱镜隔开，毛玻璃衬底
而棱镜自身也须纸筒固定和限制

——如同自由出身于限制
和平、和谐起源于斗争和争斗
美，诞生于条件和限定……

有一朵花的名字叫雪

冰冷，有一朵花名字叫雪
温暖，有一朵花名字叫雪
冰冷与温暖，是天地，是两颗饱经沧桑的心
对望与融合

摇曳或坠落
仰视天空的心，灿然绽放与失落
高于天空、天光的心
尽情地宣泄、倾诉与顷刻的凝滞

脚踩大地，无私无我
——流浪的梦，终极的着落
脚踩大地，无思无我
——失落的时光，终极的温暖

雪花，一朵以"雪"命名的花
无论高位低处，人情冷暖
以你的名义，天地总会适时传达
人性、天道的公允与温情

结冰，天地在永固所造之美

消融，一切美的所在，悄然地融合与永久地合一

——片片雪花降临

我们幸福或痛哭

倾斜

伴随，或不伴随趔趄
结局和性质一样——
在世界、世事面前
失去赖于支撑和制衡的依托
颤抖，以倾斜为正伫立
以倾斜为正惊恐
以倾斜为正观察、面对世界

以倾斜为正，与世界、真相
便有了天然的大于 0 小于 180° 的夹角
自此，言行、标准若不自觉减去偏差
将错上加错

上天给人"原罪"[1]——偏差
人的义务便是自动纠错
再苦再难……甚至以生命为代价
于羁绊、趔趄、险恶、不公中
求真相，求公道
说出真相，主持公道

注：1. 原罪，基督教基本教义之一，基督教神学伦理学中的重要概念，这里
　　　是指正常人的心脏在胸腔内胸骨正中偏左，且绝大多数青壮年人均为
　　　斜位心脏，诗中借指先天的偏差。

风之语

依然在耳边，心底……
撕裂心灵的那一串
留下血淋淋的伤口
陈旧结痂的疤痕

说风，其实是
世事、环境、赖以生存的土壤
生存传递出的
焦虑、喜悦、苦楚或扭曲……

吹和被吹，塑和被塑
平等，但从未平等过
风吹向我，把万物变为风的一绺
吹拂、催生或摧毁或美或丑的世界

我是风，也是挡风之林，之墙
风，还有忽略、关注和爱我的人
请独留我直面风语，专门抵挡风雨
传达风语，诠释风语，传送温暖

单行线

双向变单行
四周的风空荡、沁凉、冰冷
前路杳杳，看不见——
偶尔可以远望的项背
曾喧嚣、接踵或重叠的影与暗影

单行，只是单行
调头，或由迷茫走向另一迷茫或更迷茫
这样的"双向"，也已奢侈
人生就是单行道，开始直奔结尾
人人看透却不说出

黄白的线，笔直，指向远方
单行，单行，快，单行
所有的人飞蛾扑火
视它为唯一的现实、诗和远方
努力把人生开出一路鲜花

雨水

雨水暗藏于阳光之后
雨水暗藏于晴日之后

雨水暗藏于天空最高处
雨水暗藏于看不见的地深处

就像泪水藏于无人
或不让人看见的心底

雨水，逸出眼眶，逸出
乍暖还寒中的春天物事

仿佛春挣脱水的形体
活成，万物万化的象征与隐喻

自此，雪化水，雨似油
桃始华，鸿雁来

春天悄悄萌芽、生长
直到万物葳蕤成林

春寒

雨，夹杂着雪粒、雪片
雪，飘在半空，落在地上变成水
落在植物、车顶、高台浸泡入水

怀念昨日晴天丽日……
每一棵树，每一根枝，每一朵花
都在盼望春天，感应春天，热爱春天……

它们背景广大，辽远
携带经风历雪、删繁就简后
天然的冷峻、内敛

春天新新鲜鲜，是个孩子
春天厚重隐忍，是个中年
春天童心未泯未脱玩性，是个老顽童
它们一同迸发新芽，抽发新枝
搭上驶向繁茂的列车

雨雪寒，风雹泥
风声、雨帘、雪幕
遮不住看见春天与晴日的眼
挡不住春天万箭、万物齐发的节奏

惊蛰

蛰，乃为"冬眠"

虫藏于土，鱼沉于渊

万物飘零，世界灰暗

惊蛰，一声惊雷惊破旧天地

阳和起蛰

温暖和湿润，唤醒冬眠

唤醒人间沉睡的五颜

惠泽大地久违的六色

桃花红，黄鹂鸣，鹰变鸠¹

冬笋破土，小鸡破壳

万物、万绿初芽开始萌动

疫病起，虫害萌芽

注：1."鹰变鸠"，惊蛰第三候。我国古代将惊蛰分为三候，"一候桃始华；
二候仓庚（黄鹂）鸣；三候鹰化为鸠。"鹰为什么化鸠？有两种解释：
①这是古人的误解。在惊蛰节气前后，动物开始繁殖，鹰和鸠的繁育
途径大不相同，附近的鹰开始悄悄地躲起来繁育后代，而原本蛰伏的
鸠开始鸣叫求偶，古人没有看到鹰，而周围的鸠好像一下子多起来，
他们就误以为是鹰变成了鸠；②惊蛰三候时节，鹰为孵育后代，隐
去身影，而此时的天空，却依旧能传来鹰叫。此时的鹰鸣之声，来自
鸠鸟，原来鸠鸟为了自己独特的繁育方式"鸠占鹊巢"，装扮成鹰，
把鹊鸟吓跑，同时自己在鹊鸟的巢中产卵。

谁不被惊动

谁的动静，不惊动别人

春声鼎沸

喧语催人

阳春，不管愿否我们都是一粒种，或老，或新

被催促着下种、萌芽、长大、成熟

被催促着衰老……

衰老起自每一个细小枝末

塑像

设计，淀浆泥（备料）
扎架子（制模），上泥（填料与脱模）
修整，上色，施金……

大大小小的塑像，不外乎
准备、成形、美化三过程
像万物，人，人一生的功过是非
一而十，十而百，百而千万
由薄到厚，平面到立体，至方到至圆

生命，一开始便为自己塑像
有些人终生塑型单薄
甚至撑不起个"人"或"善"字
有些人，或机缘巧合，或必然
成了英雄，被世代仰望

木质、土质、金属、血肉
立体、浮雕、阴刻……
如今，材料已备齐，单等演员上场

搭积木

十万双手炮制、涂彩、摆弄
十万双手给你各种各样的形状
围坐、紧贴、层叠、咬合，零部件互不通用
自此被限制在小小的玩具或模型里

厚重被解构，宏大被解构
化繁为简，直面童真和幼稚
被摆弄、围观、拆卸，孤独中
消耗自己，完成支教、培育和培养的任务

即使破裂，被遗忘、冷漠，也依然在等待
以血肉骨架搭建簇新、临时、脆弱生命
为使命而生！短暂的炫彩和平凡
也是成功和使命，拆拆建建构成一生

回首来路，忘却刀伤、机器倾轧、削增涂彩
被建构和建构
每天多少积木，重复这样的命运
等待一双欣悦、摆弄的手

今天，所有积木，与积木同质的事物

请一同进入我的诗，成为诗的积木

你和我——写和被写，互相成就

在一个更大的世界，完成

一个名叫芸芸众生和普通平凡人的命运和使命

斑马线

肉体生命不断萎缩
精神生命却在人类城市
无限延伸

一身纹路，成为人类导师
告诉人
哪里该行，哪里该停
哪里可横行

"惩戒都是为你好呀
否则，生命代价……"
警示形同世间诸多明暗规则
时时发挥作用

断点

断点与年老而体衰相联系
与奔波和挣扎、不堪相联系
与潦倒无法正视自我和现实相联系
与不得不与真实处境、现实自我相安相联系

断点如云，如在雾中
断点如在机械、惯性的向前中
时光紧紧相随，仅紧走几步
已恍若悬崖、尽头

断点是生活，断点是非生活
断点是我，断点是非我
断点是我与非我、生活与非生活
相遇、相悖又短暂和解
是把悲怆过成鼎沸或激怀壮烈

断点是隔断，断点是延续
断点是一个悠长的破折号和无尽省略号
春天和花朵如天幕遮盖笼罩一切
将美和意义展现于眼前与始终
也许，断点的最大意义和美好
还在于遮盖、出走和跨越

月影

冰凉、高冷，但皎洁，与美相连
如同夜间盛开的白莲
占尽世间的清新与洁净

距离，仰望，也是疏远和孤立
所以曲高和寡，所以独一无二
沉浸、陶醉、仰望你的影
人也有了几分你的气质与孤傲——

以心为圆心画圆
半径是无限延长的孤寂清寞
仿佛一个句点面对整个空落世界
空旷、辽远，令人心疼、惊悸……

活页

群体是家，群体是厚度，是重量
孤悬于群体之外
孤悬的每一页每一天
独自恪守，流落，连缀，重组
终于成就有用或无用的"物"生

无视凉风洞穿世事，虐心而过
无视荒凉芜昧遍布原野
聚，为梦想；散，为远方
聚与散，均怀揣一颗向心向上
向内向外向美向善向崇高的赤子之心

折叠

总是在回头的瞬间望见
相接，相贴
代价是一次次舍身折腰
如同世事与坎坷相逼
直教世人顺随、盲从

强者的生命，柔韧、坚强、舒展
而不是——
一折再折，一生无数次地被动折叠
蜷缩、禁锢在别人和命运的口袋
随窒息、无常盲目天涯

演员

有时候有剧本，有时候无
怎么演，演谁，多半时候
自己说了不算。最真实时
以假为真，或以真作假
演得好，便是艺术家
再演得好，便是优秀、获奖艺术家
获取各种桂冠、回报

人类数千上万年谁人不曾角色扮演
本色出演，客串别人
最怕——
长期沉醉，自己也不知真假

所见

幽闭，沮溃，太过兴奋、喜悦的日子
无风无雨无日无光的日子
所见，不能告诉别人

光透过窗棂留下一道白线
黑暗缝紧光明刚刚切开的刀口
你和所见一同沉默

假装忘记自己
假装拥有上帝的视角，坐拥、俯视天下
瞬间强大如凌风御虚
看见了天地、你我、周遭之小……

闪过的事物

这是一种存在，事实
像生命
像一辈子的大半时光
像一个人的一生，一闪而过

把鸟鸣描绘成一生
把雷电描绘成一生
把旷日持久、争斗夺予，描绘成一生
把风和日丽、暴风骤雨，描绘成一生

这些一闪而过的事物
在秒表上匆匆的一下
在世界、时代年轮中
却留下看不见的沧桑

今生，你我都是其中深陷于难深陷于爱
深陷于痛，深陷于冷漠
被困顿的一个
相逢只许一笑，相拥，甚至一吻……
不许变成两叶锐利的刀片
互相伤害，伤害别人

你看，你看，窗外疾驰的

都是一闪而过的事物

流星、车驰、人行、商店、馆所、琳琅满目……

我们也会一闪而过

抛却平静与不平静

爱与不爱

走进虚无、消散……

瀑布

竖立、悬挂，宣告——
贴地、平行、向下的水
也能独立、挺起、矗立

矗立，需要提前上亿次的奔跑、汇聚
需要临考奋不顾身的一跃

矗立，一种桀骜不驯
一种随和或随遇而安

矗立，解决落差和遭际最快的方式
阶段性、阶梯式、大跨度地向下，向前
有时也不失为实现
总体前行的最好选择

矗立，一腔晶莹的水更澄澈
一怀挟泥裹沙的水，在高落差下
日渐或者突然澄澈

长白山，我不是你远道而来的客人

说起你的白，雪连着雪，山连着山
说起你的高，白云为峰，出尘绝世
说起你的遥远和悠长
如梦至今走不到跟前、尽头

啸虎，鸣鹤，雪莲，千年松
仿佛一脚踏进仙间，声息只与仙家相通
神话，传说，参踪，鹿迹
《山海经》起头，一部部"山水志"道不尽其中秘密

长白山的天池、瀑布、雪雕、林海
我从远方来，却不是你远道而来的客人
在心里我早已守望你，属于你的一部分
以休眠火山定性，以花朵峰峦固型
一瓣瓣一次次喷发，爱的凝固，逾两千万年之久

长白山，东北黑土地上中朝边境的巨型复式火山
睡着了，心醒着，时刻把爱、生命传递给
心窝子里走出的孩子们
于是，鸭绿江、松花江和图们江捧出幅幅
青绿、水墨、浅绛、没骨和小青绿山水图……

曲水流觞

欢庆娱乐，祈福免灾
拼才斗智，文人雅聚
先要有春日，后要有曲水
水要流于兰亭之上之畔

春日易有，人不易等
春水易引，心不易留
溪亭畔下，谁人与我为伴
谁人与我意涟涟

阅历苦浅，疾痛恨深
"竹枝词""丹青"句，何日铸就
何日觅得千寻瀑万千诗意
一生明媚四月天

标本

提起名字和制作
河流便结冰

凝固，只留外表光鲜逼真
还是不是真生命

岁月紧逼，三伏生寒
若连表象也不存在那算什么

今生今世，制作和被制作
我们做了多少这样的事情

直至将自己送上标本台
供别人和自己审视、参照

天气预报

深不可测，变幻莫测
在这里，预测预警成为可能

谁在做？无须过问
多数准确，极少偏差

认真、责任感、担当为内驱力
掌握和洞彻规律原理道在心中为前提

时间是这尘世最大的神性
一切疑问均会给出答案

因为爱，人类发明创造
天气预报、应急预警

因为爱，祖先，我们，我们的后代
相继把自己站成路标和警示，无用而执着……

今夜，要月圆

花好月圆，去年的今夜
种下一颗胚芽
天天浇水，恨不能一步跨到今夜

今夜，月亮先是失踪
再是一晃而过
露出半张圆圆的脸
金黄，灿烂

如同一生无数次的期盼
如意者一二，相负的八九
转身，背影、远望
成为永恒与常态

今夜月圆，无论如何，要月圆
要说出心中的美好
要让心中的美好开出牡丹、清莲
相配国泰民安、风调雨顺
五谷丰登、世界和平

要月圆，让五湖四海寰宇

放下分歧，拥抱、持有
哪怕最短暂的和谐、美、宁静

今夜，要月圆，若不能如意
隔着风雨，我也要从心海取出明月明镜
把它悬挂在斗室
悬挂在夜空，从屋宇开始照亮地球、宇宙

中秋，种下一轮明月

在心里，种下一轮明月
把它高高悬起

只待，天上的明月，与你同来
捧出与你共对

只待，拂去过去和未来
一切征尘

给你一生明净，与你，与众生
共享一生明丽，一生陆地与海上明月

奇迹就在身边

像一个农人，提着镰刀收割

田地里，五谷丰登

果木茂盛、收获丰硕

庄稼一茬接一茬

耕种收割绵绵不绝

阡陌大道条条硬化敞亮

城市乡村房屋、高速、高铁日日更新

人类一代、一代总是更加文明、智慧、多才多艺

科技、认知一次次翻新瞠目

岁月历亿万光年而每日不变新鲜

换一种天真、孩童的眼光

人间每天处处充满奇迹

天色欲晚

天色欲晚，荷叶铺在盛大的水面
夜的黑将湖面的镜子衬得越发明亮
树影、灯火、塔、岸、水中浮标线
静静映在水中，鸭鹅不知何处

天色欲晚，游人归家
路灯叙起告别的话语
野外、湖畔，越来越空旷越来越人稀
人皆知我的不舍、留恋与爱
不知其实人人心中一片宽阔
一片海和世界

终究是要回的
明日还有太阳升起，还有湖光等待
天色欲晚，不如归去，不如归去
明日再来听脚步、雨与琴音
再来听阳光、光阴、山高水远
再来听世事酸辛，夜色岁月悠长

天色欲晚，不如归去，且将归去

天平

失去了平衡，人人共知的常识
也经常倾斜被歪曲利用

活着，总有一天会沉默
会度量在心而不语

多元化多支点世界
多维度多光源透视照射

像豁达似借口，却足以
抚慰、熨帖寒凉与不平

如果公允不在，光明尽失
一架最大的天平就在

天地人心，岁月深处
山水日常，彻悟天真的灿然回眸

而公平那个迟到的孩子紧追慢赶
有时也追不上时间和一个人的衰老

背影

背影之前，必先有转身
温暖，淹没于寂萧
天际，星辰，你，那么遥远
冬天是收获遥远的季节

种下一粒思念浸透的种子
催它发芽，长出一个你
陪我再次看见又一个春天
新的黎明和黑夜

时间在远方，宇宙在天边
绰绰不绝，人何其渺小
一程山水，身空，心空
衣袂轻飘，足底悄蹒

扯一绺风来做萼座
供飘摇无依的花朵就座
你来认哪一瓣是你的背影你我的江南
哪一瓣是我的清寂我的水北

风入松

风入松，松还是那个松吗
青茂、坚定，骨头和生命力硬过石头
坚定，加一棵坚定，便成坚贞力量之林
松涛高歌低啸穿林越岭直入云霄耳中

风入松，松还是那个松吗
它是否早已学会谄媚点头歪斜身躯
平衡，气节，世之大局，也不一定顾及
可叹嵇康绝世古琴名曲是否也未传承

风入松，松还是那个松吗
不知是松把风当作砾石袭怀
还是风把钢岩之骨给松：硬硬撞，不相容
而琴师隔岸又把风声调至最低最软耳语

风入松，松还是那个松吗
扶稳了自己，站成先前的松
风终生会来，从四面八方来，除非热爱
砾石剐躯，雪岩压顶
不屈不挠，断而不曲

一生从未到达的高度

一个相对概念耗费了毕生的精力

有人一出生就是巅峰

有人少年，有人青年、中老年

一步，一步，向上，再向上

有时盘旋，再盘旋……

巅峰在心里，在看不见的高处

杳渺的远方

端详空空的行囊

清点半生的憔悴跌损

谁问，问谁，路在何方

习惯于不再发问

习惯于缓步向上向前

愿一路风清月朗

撞见想见之人看见想见之事

恒久、远方，或许在高处

最终停歇处便是巅峰

我在那里，灵魂在那里

一生从未到达的高度在那里等我

素颜

树木落下叶子
富足了近一年的群山
卸下了绿的装束，绿的丰贮
天空卸下了白云的装饰
如胸怀大志、悲悯的诗人
直面无常万化
纵然，只剩下了柴米油盐与活着
诗意、空灵、厚度，却越长越高

素颜藏在破解的真相里
素颜长在赤裸裸活脱脱的骨相内
素颜是勘破真相之后重修的灵魂
素颜是蚕破缚茧之后长出的翅膀
翅上绽放的花纹
由内而外，习得的气质、深刻与光华

面对长天阔土，浩瀚星辰
坦坦荡荡，洞彻天地，了悉一切
此刻，推开酷寒打开心扉拂去尘埃
素颜，这个婴儿赤子的心苍老而红润

像雪一样落着

暮霭沉沉，像雪一样飘落
越来越冷，越来越浓
瞬间，笼罩了天幕

纷纷扬扬，多俗气的词
总是陪伴着走过白昼夜晚
陪伴雪一样的厄运、欢喜或平常飘然而至

时光流逝
衰老无可避免
告别、悲哀无法避免

抬头看天，想要一片星空一点绯红
装点一生，就像曾年轻的笑靥
就像曾年轻微笑绯红的命运

天真晴！现在她已拥有一支魔棒
可随意穿行天地悲喜宠辱
像上帝的身手，梦里梦外频繁出入

空椅子

空椅子张开大口
吞噬了妈妈的晚年
她不在床上就在椅子上
轮椅成为生活中行走的双腿

空椅子张开大口
吞噬了少年、青年、壮年
在一把椅子上空耗，或颠沛流离
别去青丝迎来白发、消亡

空椅子张开大口
吞噬了自己
在等待中错过了成长和往昔
回首时再也找不到昨日时光

空椅子一把又一把
坐实了再坐虚，坐虚了再坐实
以旧更新，循环轮回
谁为一把椅子做无意义的停留

落差

如同天与地，径与庭
难以形容标记差别或是距离
但河自己清楚
跳下去有多深，出走离场有多远
但结果必须承受

绿，针尖的绿，葱茏的绿
满山的绿，坚挺
它们眼中，可读出
爱、生命、意义的深度和厚度
在世间的执着或脆弱

悲凉不是生命的专用词
如同昼与夜，如影随形
白与黑，虚与实，瓦当与晴日交互

拒绝身边脚下凛冽如刀
拒绝执刀的岁月、"公理"板起面孔
哪怕只一刻
温暖如雪，洁白如雪，柔软如细雪
留下或许有些歪斜童贞的脚印

马踏飞燕

燕被踩于脚下
需要呼救多少次"110"
才能解开这个魔咒
因此,我更愿意认为——
它是龙雀,是风神飞廉
存在,便是为了给飞奔的马匹再添双翼
陪伴天马万里鹏程,昂扬一生

肉体仙胎,还是青铜铸骨骼
马,朝气为躯,直面太阳
——不,不啊,你是在追逐太阳
那只真身实为太阳的乌鸦
万事万物,万里河山尽在眼前脚下

请给我一点随你而过的风
与你擦肩的风
像你一样走世界
无论出身,陷阱,艰难,栖身昏暗
无论未来能有多远多久
起飞,就不会落下

山中

山中山外，不一样的天地
一样的人，庄稼，树木
一样的人性、物性

山间流水，尘世光阴
缓慢，静息，似漫长的等待
暂息的焦灼和积郁

假设山间有存放生命灵魂之所
人是否愿把自己存放于白云间
任风松合鸣，柏柳同处
而不语沉默化为无形

山间，一次次放下一颗心
一回回存下亲情、乡愁和童贞
这最纯粹的心底，你愿否被人打扰

来来回回，山总是以风姿抖落降尘
像林木于"哗哗"风声中自净身心
谁的足迹印痕最终被谁湮灭或替代

献给你……

凉和疲惫、虚弱统治了它的王国
身体精力失却方向不属于它自己

你抽走了心底的火
从此，雪和荒凉弥漫心的原野
纷飞成羽毛零乱
迟滞北方的雁字

和春天一起来吧，携带希望，温暖
赐原野丰收的种子，一片葳蕤

一个人可以生存，平静
两个人一起才叫有滋有味的生活
相爱相扶才叫爱情

若须一生的等待你才肯现身
从现在开始，加上前半生
我将一辈子的时间和爱零存，等你来取

心中一个你

经常出走或躲藏
注视，或者偶然回头、转身
你便消失不见

藏在心尖
藏在对面
藏在恍惚无形之间

终极一生，栖身、着落
如鸟雀山鹰绕树环山三匝
无处可依

从不现身
不现真身
影子活跃于幻象虚无里

夜之花灯再次亮起
天涯彼岸，同此情，共此刻
可愿人约黄昏余生，温暖薄凉人生

填空

画一条低低的下画线
等你补充完形
完成后的段落句子才算圆满

画一个括号
这括号形的黑洞，只有你才能照亮和填满
自此黑夜点起星盏，亮起月明

画一个无形的空白
两边的边界同样无形无止
仿佛人类共同的悲哀与荒凉没有边际

画一个你，画一个我
你是括号左边，我是括号右边
填充或者抹去，相对或者背向
赓续人生或生命孤旅

钥匙

以所有的心疼和遭际
铸一把铜质或银白的钥匙
钥匙打开明天紧闭的门
锁孔、钥匙的金属、坚硬
沾满淋淋鲜血

别说，一把钥匙它头顶的天空
多么阴郁，多么狠绝
一百次一万次试错，硬扛
已锻造出了宁折不弯宁折不退的
坚决与淡定

而锁，所谓的坚硬刚强
只要约莫合辙匹配
"咔嗒"一声，在遇见或重逢的瞬间
心门怦然大开
满院灿然

淘洗

看得见的，看不见的水
刷子，洁净剂、置换剂
过手处，洁净一新

握在手中，放在身边，铭入心底
像去除有形无形的尘烟
洁净天下与庭院

洁净，行走于世的座右铭与信仰
永葆灵魂澄澈如新
不染纤尘，无须尘拂

人面桃花

脸上一抹羞红
呵，我知道，这就是你
用尽一冬的力量和温暖开花

朵朵簇簇树树，连缀成春天、三月
伸出你的手，相握，此刻
我们都有一个别名，叫春天，三月

莺飞草长是我们的软语
阵阵拂面的风是我们的音乐
藏在语言里的温热是新酿就的花蜜

人面，桃花，我们今天的任务和使命
就是开出春天，全新的春天
在岁月和历史的远轴上，给幸福描图

五、"借句"与"微诗"

寒暑计 [1]

"命总是比纸还薄一些"
微弱的叹息，压抑
仿佛身处地心
岩石之间相互的倾轧

紧靠墙壁，身体
薄似纸、锐似刀
敏锐于外界的丝暖微凉
空气或风声的些许变化

一旦异常，便把
警示的标志举起
安于感知冷暖的宿命

超过阈值：过高或过低
还将奋不顾身，喊出最后一句警示"危险！"
实现一支寒暑计的最后的生命价值

注：1. 这是一首"借句写诗"而成的诗，"借句写诗"，是一种写诗游戏，要
　　求诗的第一行必须借用其他诗人的一句诗。本诗首句出自黎阳组诗
　　《命总是比纸还薄一些》的总题目，同时它也是诗中"寒暑计"的话。

134

白露[1]

"露水顺着倒悬的喇叭花滴落"
坪草抬起水汪汪的大眼
纤细的身骨、叶子
仿佛舞娘柔软而舞动的腰肢
柔中自有刚韧

这是白露的早晨
寒、湿、痛凝结成露
披拂本已多泪的世界
百倍于平常的露水悬挂于秋的脸颊
阵阵滴落

"白露秋分夜，一夜凉一夜"
把露珠认作感动和深情，如此
即使骤临黑暗，门外也有
被露珠照亮和剔透过的光彩

"一候鸿雁来，二候玄鸟归，三候群鸟养羞"

注：1. 这是一首"借句写诗"而成的诗，首句"露水顺着倒悬的喇叭花滴落"
  出自张文捷《我的话越来越少》。

——南来究竟是"来"还是"归"

判定者在南，标准在南

"来"和"归"永远是：候鸟南飞，离人去巢

而大多留守者——人与鸟

自己动手储粮、备资、练习过冬

守在分别叫作孟秋和仲秋的秋之二门之间

从今天起，我便像

祖先与祖先的祖先一样

幼儿园里逐渐适应秩序的幼童一样

顺从，天真，无邪……

静待第二年春天的到来

静待慢慢地将叶子从萌芽变黄变枯的手

再次或无数次地将大地和春天

一点，一点，由嫩至坚至老

由浅及深及墨，艰难地变绿

怕你三春微暖¹

"我还在深爱着这个熙熙攘攘的人世"
而你——你们纷纷远去
留下我独守这空空荡荡
熙熙攘攘和空空荡荡
多么矛盾的一对词
像心，忽左忽右忽上忽下
像身边的人，时东时西时前时后，时有亏盈
鲜有适中，动和静
其实都是同一个主题：
生存，更好的生存
以及由此派生的各种各样的
上升、竞争、爱、挤兑与被挤兑

"我还在深爱着这个熙熙攘攘的人世"
而你——你们纷纷去了远方
犹如落地的雪倒序
雪片从远方戛然而至
纷扬在：远处，近处

注：1. 这是一首"借句写诗"而成的诗，每节首句"我还在深爱着这个熙熙
攘攘的人世"，出自项见闻《我的话越来越少》。

或砸向、坠落头顶

——呵，一晃就是冬天了，生命之冬

其实，我是不怕冷的

在冰中独立，最怕你三春微暖

一抹，便足以让我泪流满面

融化、催生一株翠绿的根苗

"我还在深爱着这个熙熙攘攘的人世"

独忆这短暂、温暖而柔软的春夏秋

不同的颜色和滋味

但是，若你来了，请一定不要停留

不要让我看见你

不要你看见我泪流满面

我是冰，坚硬如冰，还将坚硬如冰

还在并将深爱

这坚硬如冰、熙熙攘攘的人世

日子 [1]

"晨光，还像往日那样明暗交错"
落座、站立、行走在初升的阳光里
一切都金黄而簇新
而你也是新的一部分

这样的明丽、幸福、永远
令喉头哽咽
而我只会用欣喜的目光一直注视你
甚至眼角从未夹进过别人他物

从冬天到春天，又从春天到这个秋天
你知道的：我一直渴望就这样与你相守
平常、自然，如每天准点升起的太阳
到来的白昼和黑夜，一瞬就是一生，就是百年

"一定要来，永不分开……"
连阳光照射路旁树，树叶被风吹过
那些些微、瞬间的交错或错失也不要发生
我就是你的，你就是我的，意义和岁月共生

注：1. 这是一首"借句写诗"而成的诗，首句出自简明的《紫砂壶：致许
广平》。

枫叶 ¹

手掌，星子，延伸的光芒是钉子
一旦楔上秋日天空
滴血与成熟无法忘记

注：1.《枫叶》，这是一首三行"微诗"，即三行"微型诗"。全诗除题目之外
虽只有三行，但写作过程中要求严苛，全诗除题外，不得等于和超
过五个字与他人同类作品吻合；题目关键字不入诗，成语尽量不入
诗；三行微诗，限三十二个字，每行不超十三个字，"的""了""地"
不超过两个；拒绝主题混乱、缺乏画面、释题、跑题、凑句、造句的
诗文。本辑收入的其他三行"微诗"，均系此类作品。四行以上"微
诗"要求略宽泛。

晚风吹拂

飘荡汹涌的身心

不再安分于伏地潜行

春天、天空……所有美好的词汇

此时，我愿与你与天下共享

静静地等

不再发问，就这么静静等
山高水远，命运一路狰狞
而你一夜入梦，所有岁月
开出漫天红霞，装点了余生

重阳

扛举过多少岁月之重

一朝停歇，幸福便是

回眸时，与另一朵花枝相撞

夜的色彩

一张黑帘布
因为雨又多了风声和惊惧
一颗心和我同频、忐忑

大河

无边与一线，不仅关乎远近
最怕迷失断流，洪水和决堤
宣示恒久、存在和意义

放牧

蓝天，云彩的故乡
心为思念的牧场
轻摇皮鞭
人间荡起千首长歌

叶说

泥土里生长，终究面灰鬓蚀

一世未展的青梦

沿经脉滴血枯落

月亮，我们的孩子

阴晴圆缺瘦枯沉默
亿万年，代多少人受过
月亮，我们的孩子
霜白清辉洗身涤心从不言说

秋之天空

收留飞翔和梦
更多的遗憾洒落大地
埋葬，或另种方式致敬苍穹

秋天

一棵树根深土厚嶙峋孤绝
与飞鸟比邻
终敌不过时间命中靶心

有你，人间开始美丽

星子睡在夜空
一场梦，天便大亮
昨晚它写了几首诗
笑得那样甜，临走还不忘飞媚眼

故乡的雨

浇毁或焦渴那些庄稼和被生活折磨的人
非多即少，这些天空的弃子
故乡接纳了它们
它们感激的泪，顺河道树干哗哗流淌

初冬

针尖大小的寒
汇聚铺展如涟漪波涛
风乘雪舟飞传浩瀚之歌

高处的等待

提纯天空的蓝，擦洗残云的白
此刻，眼前巨大的苍穹
腾空了的内心，只为盛放
与你相依互握时轻悄的心跳

红豆

明里暗里，果实层层叠叠
每一颗红红的小心脏
都怀揣了一颗春天的种子
这茬梦醒，另茬梦来

似水流年

老槐树等在原处
从开花到结荚
熬白了头累弯了腰
像母亲对家的守候一辈子嫌少

村口

窄小，数百年从未长大
苍凉却随时代世纪更迭
如作物翻新一季又一茬

想你的时候

雁字，远古而来的断翅鸟队
无法飞越现代领空
只好窝进屋里户外白昼黑夜
沸腾如海，或平静若湖

塞外

烽火穿越千年
一粒草籽翻身下马
便可叩响相知之门

等一场雪

冬风无情焗霜色
一抬手
将老几茬人

心上人

天上掉下来一颗星

手握心藏，反复对影回味

而在你随手抛洒的漫天雪地

有人单衣寒瑟，红裳如血

崎路

上下进退单双，无关远近雪晴
注目无声，或轻唤
有谁始终在高处等你

原野上的冬

等待，从一根拐棍开始
到肩膀、轮椅和抱扶
岁月催人长大又弓回
孩婴母腹

光阴

无情如你，说走便不再停留
独剩我——
被风雪包围，敌意淹没
春来再寻找，谁还在原处

远方的你

那盏灯，点亮吹灭
全在你一句话
我的世界因此永夜或落雪

雪

转身，心便被谁扯得生疼
来，展翅加速度滑行
等风，自我或相互助力去远方

梅

爱上那点红，心和祖国色更红
从此，日常和风骨
添了你雪中燃烧的味道

年的声音

猫着脚步，偷走一岁又一载
回首时，青葱不再
皓首夕华亦蹒跚道别

六、光从东方升起

光从东方升起

一个沉默的人
把眼泪擦干又无声地淌下再抹掉

一个沉默的人
背对人群淘洗胸腹

一个沉默的人
将咳不出的苦难咽回肚里

一个沉默的人，走过一个关口
又遇到无数隘口

一个沉默的人，送走一个同类，又遇见无数同类
数百年、七十年，光从东方升起

岁月搭起七色桥

土院，泥墙

小立方盛满红黄绿青蓝紫灰……

红——希望、信仰、延安的枣

黄——镰刀、斧头、星星、月亮和杏

绿——绿树、空气、新中国的未来

青——解放区的天、新延安的天青天在上

蓝——天空瓦蓝

紫——紫气东来

灰——红军、新四军、八路军穿梭的影及后来者

七十余年，岁月搭起七色桥

联通延安、中国，过去、现在和未来

到延安去

人生，一个暗伤
胸中，一个梦想
心底，一颗种子
——到延安去，没去过延安的人生不完整

梦想，一天天长大
伤口，长成参天大树
种子，顶破心房、斗室
——到延安去，没去过延安的人生不完整

延安，革命的圣地
中国的根脉
中国人的童年和梦想
——到延安去，没去过延安的人生不完整

凤凰山、杨家岭
王家坪、宝塔山……
张思德纪念广场，中央党校旧址
鲁迅艺术学院，抗日军政大学……

——轻些，乘一次公交

打开铸造新中国的一段历史

走一回新老街道

触动先辈的足迹

出租车、滴滴打车入深山，穿高岭

穿越在新老延安的时空隧道

延安精神至今仍是中国人前行的大后方

——到延安去，没去过延安的人生不完整

花海奏响时代前进凯歌

不用等待绿色成墙为依靠

花色，绿色一座连一座，绵延万亩

娇小与宏大，精致与宏阔

统一在花的海洋、香的洪流

大墙挡不住，区域划分阻隔不住

自然和非自然的阻力阻隔不住

香色涌泄、连绵，涌泄、连绵，再连绵……

心胸连缀成片，大过天地

赤褐色的花萼，洁白的花朵花簇花树

纤细而敏感的蕊内神经

通达广阔的天地、无垠春天

相连新时代和新世界的脉搏

每一朵花都是一颗

不落凡尘、奋发向上的心灵

成千，逾万，过亿……

繁盛、辉煌无限定

眼前所见仅是盛世辉煌的一部分

仅是时代、沧桑、新的一部分

听啊，一万朵杏花奏响前进凯歌

万亩花海、十四亿人民奏响前进凯歌

时代奏响前进凯歌

我的花海、空港、城乡，我的中国

来来往往的人，将来未来的人群

深深折服在你的脚下

成为你的春天的一部分，各色芬芳的一朵

党旗最红，中国最美

有一页书，不能轻易翻开
一旦翻开，全都是你
书页上，写满了你
百年的沧桑、历史的功绩

有一个日子，不能轻易碰触
一旦碰触，全都是你
日子的每一分秒，来龙去脉
都镌刻着你，为民族
隐忍负重砥砺前行历经磨难的印迹

有一种人，不能轻易提起
一旦提起，全都是你
每一个细胞，每一个信念
都只为国家、人民而生，为信仰、使命而存

有一种土地，不能轻易细察
一旦细察，全都是你
每一粒土壤，见证你围绕着这片热土
为人民，为民生，为繁荣，为复兴
走过的路，蹚过的河

你的颜色，最美最红

红的旗，红的果，红的海，红的心

红的潮汐涌动在 960 多万平方公里的土地上

涌动在祖国的大江南北、首都边陲

你的颜色，最美最红

我们都是你的一部分

心都随着你跳动

随神州的大地上，你的每一个律动而律动、雀跃

党旗最红，中国最美

我的爱深藏于心，深藏于季节深处

默默地为你奉献所能奉献的一切

这就是我，一个普通的中国人

对你最朴素最纯洁的爱

殉难井

　　渭华起义"烈士殉难井"，位于陕西省渭南市华州区高塘镇渭华起义纪念馆旧址，两棵古槐遗址地正北 15 米处。1928年 6 月，渭华起义遇敌疯狂镇压，侯振和、刘孝智、李邦彦等十余名同志被清乡团匪徒逮捕，严刑审讯，毒打致死投尸此井中……

一直歌颂，井的深度、含蓄、沉默
而今，面对你的二尺径口
坚固的井沿、井口、周围的栅栏
肃穆而泣泪

给人生命的水
予人生机的井
泽惠四方的水源
有朝一日，竟成迫害的工具
掩盖罪恶证据的帮凶

1928 年 6 月，那个黑漆漆的夜晚
反动劣绅、清乡团如黑云压境
疯狂捕杀共产党员、革命群众
十一名共产党人被杀害并被投井毁尸灭迹

敌人残忍，但绝非"残忍"二字所能形容

十一位烈士，十一条鲜活的生命

仅占五十余天内

因起义捐躯者的百分之三

风凄凄，五月寒

你们的父母、亲人

可曾听见、悲泣、发出怒吼

你们的同事和战友

可曾听见、悲泣、发出怒吼

你们的百里乡亲乡村

可曾听见、悲泣和发出怒吼

——隔着近百年的时光

我仍能感受到你当初的痛

仍能听到你慷慨的壮歌

激昂的口号，曾经的笑语

前进者、后来者的号角

壮志未酬身先死

你仍年轻旺盛的精力，强大的感召力似风在吼

你仍年轻如新的名字

鲜活如初生婴儿，如身边生人

仍能听到曾吹过你耳边的风刮过我的身旁

带来压抑的呜咽

敌人的残忍，不仅如此

他们杀死十一人，数百人

他们还想把中国新民主主义革命、新中国

扼杀在萌芽和开端

但，烈士的精神不倒，革命的火种不熄

革命的火炬在狂风中烧得更旺

"同志们！赶快踏着先烈的鲜血前进啊！"

1927 年 4 月，渭华起义前夕

先辈们为追悼先烈李大钊同志

在渭华起义旧址——高塘小学院内

用青砖铺砌的标语犹响彻在

耳边、前进的路径

"坚定信念、听党指挥

不怕牺牲、矢志奋斗"

渭华起义精神

成为党在革命战争年代培育的

一整套革命精神链条上

光辉的一环

"愿意为信仰而生，愿意为信仰而死"

革命领导人、先烈们

培育和创造了渭华革命精神

听，谁的声音铿锵有力——

"在党的百年的奋斗历程中

一代又一代中国共产党人

一大批视死如归的革命烈士

一大批顽强奋斗的英雄人物

一大批忘我奉献的先进模范

又形成了

井冈山精神、长征精神

遵义会议精神、延安精神

西柏坡精神、红岩精神

抗美援朝精神、'两弹一星'精神

特区精神、抗洪精神

抗震救灾精神、抗疫精神

构筑起了中国共产党人的精神谱系"

渭华星星之火，中国星星之火

汇成燎原的烈火

红遍中国，照亮世界

烈士殉难井，幽深、悲怆

却翻天覆地

耸立为英烈和中国革命重要历程的纪念碑

一块块基石、汉白玉

铸就中国共产党百年建党的历史丰碑

至今矗立在中国前进的道路旁

汉服小童

心跳为你加快
数百个镜头因你聚焦

聚焦——

生生不息的汉唐情结
扯不断挣不脱的中华情结、少年情怀……

社会再复杂，你依然是你
白纸依然是白纸

举起墨笔，谁忍任意涂抹
张口欲教，谁敢轻易开口

帘上的红柿子

有意还是无意已不重要
知否"垂帘"的掌故已不重要
穿上针线，戴上顶针
手上下翻飞
你就是安详的神或王
统帅一坡和一笼红柿
几排细白绳索

儿女的牵挂，农家的小日子
一方水土的腾飞，飞逝的日月……
一张网织就
网进去的只有自己
只有羞涩、幸福

相遇一枝红莲

高举一枝红莲

把最美最饱满的词给它

忽略池中数千枝凋零

独钟一柄最绿最圆的叶

忽略池中上万枝凋零

岁月、世事对叶——肌肤的锈蚀

看，一朵莲，它真的开了——

开进深秋，冬天

开进今天，此刻，我心里……

村头那棵古槐

传说、故事、神奇就不必说了

巨大古老、枝繁叶茂、经久不衰就不必说了

两千年风风雨雨，仿佛只为见证

人间和世俗的丰富、肤浅与短暂

枝叶每在风中刮撞一次

心便喜悦、疼痛一回

古槐千千万

历千年而不朽

牵动某人某事某处

就那么几棵

验证所有的故土、风、物、人

血缘亲缘相牵

编簸箕

一种产业，一种工艺
一种手艺，一种生活
一种记忆，一种艰辛
外化和固化、雕塑化

窨井里的蹲守岁月，仿佛隐喻
隐喻着：潮湿、阴暗、幕后
必然诞生光明和瞩目
而光明、瞩目之前，自然还少不了——
柳条在经纬尼龙绳中的穿梭、排布、明结暗缚
橛钉的固定，手的编织造型
少不了前期的采集、削剥、备材

一物编就，仿佛一辈子过去
苦难、艰辛、幸福、安坦
成就统一在记忆中在一组词语中
欣慰、微笑和皱纹……

壶阳书院

一个名字总是牵动
一片记忆一派景象
无人时，翻检再三
想把你的现在、荒芜揉碎打破
重塑那片乡情里属于众多人的童年
那个每每放学归来时的懵懂、腼腆和放纵

相隔数十年，二百年
你黄土铸就的质朴模样
青砖箍就的渭北高原典型砖窑院落、校舍
门额中嵌的"壶阳书院"的砖雕
两侧嵌雕的丹凤朝阳浮雕
门楣下两侧的双鹤同春图永恒不老愿望
古往今来不变的琅琅书声
曾经稚气而今不见或老去的少年儿女，过去时光
如此相似、熟悉、陌生

百年，雪雨，你依旧在风雨骄阳中
依旧在记忆、烟尘和现实中
而我——我们始终是那背井策马远行
打马疾行或缓步跛踱的人
偶尔留下一两句叹息、吟哦或乡愁

刺绣

扎一对对毛眼眼绣一张张嘴

做一对对耳朵贴高高的鼻

一双双虎头鞋、猪头鞋

是棉是火温暖娃娃的梦和童年

母传女，婆传媳，邻里相传，口授身教

一出生，妈妈的疼，婆、外婆的稀罕

在绣花针、五彩线里伴你长大

小裹肚，五边形、梨形、菱形

粉色底、橘色底、黑色底

动物花草、神话传说

若刀刻斧雕寓意吉祥

任你挑来任你选

金扫帚、香包包五月里

扫去一年霉气，熏香、吉祥娃一生

石榴裙、红盖头、绣花鞋

记录女人耀眼精彩瞬间

拴马桩、高头马、绣花配饰马镫

见证家族、男人、代代风华

镜帘红见证人心、对天地敬畏

最难忘奶奶的绣花针线板

家门背后的手绣信插

门脑垂下的手绘、拼接和手绣门帘

装扮贫穷和平常日子

绣花枕顶，从小到大伴人老几辈夜夜入梦乡

澄城刺绣——

与艺术相连，与民俗、生活相契

从生活中来，在生活里长

如同澄城老哥

性格和生活实实在在

古老刺绣再开新篇

直起针、盘金绣，上下翻飞

打籽针、乱针，左右相和

写下黄土地文化性格

谱写生活和新时代篇章

新时代新曲平平仄仄

绣花针、五色线，从古徵

走进非遗，走过千年悠远

走遍中国，走遍全世界

一苗针、一根线

书写故土、国土的记忆

联结中国、中华民族伟大复兴梦

吹鼓乐艺术

冲天，是一种姿态
一种气魄和胆识
冲天，把自己盛开成一朵
怒放于渭北高原、黄土地
细腻委婉、高昂粗犷的花和歌

口鼻并用，七支唢呐同时演奏
爬高桌，上低凳，过天桥
单人、单支唢呐便是一支乐队
七支便是一曲天地的交响
悲伤与欢乐，哀婉与苍凉
铺天盖地，响彻天宇

恣肆，如在生活中奔跑漫步
抒情舒缓，如在田间
修剪采摘抚苗，操控耧耙锄镰
不论在农或者从艺
深情与感慨，哭泣和欢笑
生命的体验、灵魂的呐喊
短暂而又不息的生命，黄土地的灵魂
全在一支唢呐，一吹一吸间

"上刀山"

飘摇，只是表象，不是

你的个性和性格，梦想和追求

是澄城扶老杆的审美——

悬、高、利、奇、险、美、悍、绚

是惊心动魄，步步惊心

是刀刃上攀行，刀刃间钻穿飞跃

是摩天高架上腾转挪移表演造型的伴奏和序曲

火铳为号，高跷、社戏、秧歌、锣鼓，应和助兴

一双老杆作邦，二十四把铡刀为格

高高飘扬的红旗下，青翠柏枝的缠绕下

一座出生入死的"刀山"随风铃叮当

从此成为只有少数勇者期及的梦想和舞台

成为一种佳话、英雄的象征

承续远古、永恒的剽悍与古朴

上刀山、越刃海

凤凰展翅、脚面倒悬

英雄若宝剑离鞘，猛虎出山

侧身摘星、猴子望月

空走四门、蝎子缠尾

单臂溜梢棍、倒身钻席筒

单脚捡粮、倒立杆顶

集武术、杂技、舞蹈于一身

谁不崇拜英雄

便不能立足于这块土地

谁不崇拜智慧、技艺和美

便不能生存于丛林

二月二龙抬头的仪典

正月新春的经典

偶尔的灵感创新

百年的历久弥新

越迈越阔的步子，愈健愈稳愈新愈勇

走出这片黄土地、中华民族、中国的精神

夯实最坚实最基层的文化根基

尧头窑

碗的汇聚，瓮的汇聚
瓶的汇聚，壶、杯的汇聚
民窑、民居、传统生活景象的汇聚
艺术和天地浩气、精灵的汇聚

在这里，青瓷、墨瓷、白瓷是主角
黑瓷区、碗窑区、瓮窑区、砂窑区
是当之无愧的主角
而人是社会背景、见证者
缔造者，传承者
时代精神、力量的具体推进者，体现者

尧头古街、古交通要冲——大通道
一辈远过一辈的先人们曾经
从四面八方推车、赶牲口、手携肩挑
摩肩接踵于长润街衢
行走天地、广袤之间

"收秋不收秋，等到五月二十六，
只要此日滴一点，
快到尧头买大碗……"

一滴雨，是丰收、富足、幸福

一只大碗，一车大碗

一口大瓮，九口大瓮……

数不清的人、车辆就这样往来

丰收的喜悦，年年的风调雨顺，五谷丰登

渭北的人杰地灵，钟灵毓秀

期待中的国泰民安

便被派送、分享至

附近州县、甘肃内蒙古……

"始于汉唐，兴于宋元，盛于明清"

上千年，社会变迁，服饰变化

一张张面孔、不同表情频频变幻

尧头先民对尧舜禹远古的崇拜、祭祀不变

洛河水、高岭土、煤矿资源构筑

1300℃的高温，打造、淬火纯粹的品格与灵魂

离土地最近，离民心民生最近

与民相依相生相长

为民而生而长

每一次成熟或窑变都在创造奇迹或升华

千年传统民窑、尧头黑瓷

薪火相传、窑火不灭

藏身于古徵西南、洛河之畔

享誉大江南北，古今中外

金色的油葵

黄得耀眼刺目
黄得逼人锐利
黄得丰圆润恣
与之相比，菊太瘦
牡丹雍容而略显慵懒
向日葵金灿而稍嫌单薄
牡丹单挑富贵之乡
菊花偏等百花肃杀
向日葵只晓逐日趋光

而你，挺身落户庄户、烧窑人家
越是身处原始、贫瘠、苍凉
越是成群结队
或者铺天盖地，出走西口
走向边疆、远方

金满天，玉满地，昭示美学
给人给养，予人生计
如贤哲能者，启明引路
谦逊，亲和，点亮一方天地
渲染皇天后土

仙人掌

仙人掌，我高擎仙掌的乡亲
总在最贫瘠的地方开放
总在最干旱的地方开放
总在黄土最坚硬结实的墙头开放
招摇美丽，惊慑人心
仿佛刺透感官
占尽人间颜色芳菲
独占天地光华、大地乳汁

仙人掌，我高擎仙掌的乡亲
不论从哪里来，到哪里去
仿佛固守这片热土的
优秀儿女
涌动的身影、群体的缩影
哪怕来自沙漠，去往无名
屡遭现世干涸、酷暑严寒
依然坦荡，绽放，未曾有片刻动摇

仙人掌，我高擎仙掌的乡亲
你淡橙明黄地集体开放
背后辽阔的广袤大地、天空、沟壑峁梁

牵动我们共同的乡愁与疼痛
遥遥相望，猝然相逢
相悦相惜，又每每相伤

仙人掌，我高擎仙掌的乡亲

一片菜地

写下那一片菜地

菜地里的红白萝卜、西红柿

豆角、茄子、青辣椒……

写下你弯腰弓背的身影

汗滴一阵阵、一滴滴和入泥土

写下你与这片菜地若即若离却不离不弃

这片菜地见证你的生活、呼吸

以及你为生存而做的一切

健康生活，健康社会

健康民族、人类

低下头，安下心

贴近土地，求生求心求新求真

一片菜地如同人心，要保持洁净

总需要拒绝很多，坚守很多

像一面明镜反复擦拭至无尘无形

像无数人、战士，把无数面明镜

反复擦拭至无尘无形，至明镜高悬

菜市场

摆摊，布展，前期准备
所有行为只为一个字：卖，或者买
只为市场或方便百姓

绚烂多彩的，低调朴实的
一律整齐排列规范经营等待挑选
哪怕经历多次倒手贩卖
哪怕历经多彩或坎坷的来路人生

一双双手的劳动、操控
监管和引导的方向
就是菜生方向
就是粮油肉蛋菜市场的方向
献出最好的平台，同时协助别人
生存自己服务他人他物
在奉献和消融中升华

之所以如此华彩充盈
——有一群群领章帽徽的人在辛劳
有一对叫"民生"和"惠民"的词汇背后支撑
有一组叫"繁荣""富强""伟大"
与"和平""安宁"的词，可依托

海之门

追江赶海弄新潮
红的雕塑和矗立的电视塔
是地标，是家园
是梦想出发的地方

江海门户通天下
门通四方，胸怀天下
是不变的方向，是大写的格局
是海门人书写的历史恢宏

颗颗心高悬，道道门高耸
如旌旗，似祖怀
空前的追求、事业
标配容江纳海的气度

醉心于三面环水的毓秀
沉迷于深流潜静的雍容
帧帧秀美与壮阔的蓝图
早已悄悄绘就并深藏于我心

后记：诗之余语

　　春寒料峭，阳光灿烂和煦沁人，渭北的早春时节，早已万物齐发、翠绿轻染。值草长莺飞的阳春三月即将到来之际，我的第三本现代诗歌集——第一本主题诗歌集《穿行在乡愁里的新月》即将问世。这对我来说，无疑是更重要更令人欣喜的春天。

　　书中所收录 158 首诗歌，包括用作"前言"的《我说的话越来越少》，均创作于近一两年。诗作一经问世，便得到了老师、朋友们的关注和支持，分别刊发于不同报纸、杂志、网络及新媒体平台。其中：《雨水》入选著名诗人、诗歌评论家霍俊明先生主编由中国书籍出版社出版的《诗日子：日常诗意之美》；《丈量故土》《光从东方升起》（原名《沉默的人》）刊发于《飞天》；《党旗最红，中国最美》刊发于《陕西日报》；《背影》刊发于《辽河》；《迸发出一颗诗心暖化春天》《迎风站成一面猎猎的旗帜》《年味》《献给你……》《落差》等刊发于《教师报》；《春之诗》《南湖组诗》等更多的诗作刊发于《三秦都市报》《宝鸡日报》《营口日报》《新余日报》《渭南日报》等省内外报刊；2020 年诗作荣获陕西能源化工作家协会诗歌创作征文二等奖；在民刊、各类平台、内刊等刊发的作品更难计其数，且多首诗歌被多家基层报刊与平台索要或悄然转发推送。更荣幸的是，2021 年度，在大型同题诗写作中，两度被"手工诗坊""新媒体文学"等新媒体文学群体组织表彰，多首作品被陌生诗友、评论家点评，而由我创办并主持的"诗歌会客厅"微信公众平台的诗歌作品、诗歌创作活动与同题诗创作活动等，也得到了众多诗友、同仁的支持和认可。

虽非故意求之，但诗歌确实待我不薄，她屡屡给我以回报和自信。更多时候，诗歌给了我心灵的安慰。在一定程度上，她给了我生活的意义，生存的尊严和人生的价值。甚至某种意义上说，她帮我寻找到同时又坚定了我对人生道路的选择——她使我敢于在生活、经济等条件支持并不充分的情况下，仍能毅然决然地选择现在这种比较独立自主，相对专业化的文学创作道路，与诗文、理想为伍的生活。她也使我的生活、灵魂、人生目的更加纯粹丰盈。

感谢诗歌！

诗歌是一门传统而又常新的手艺，遵循着手艺匠人的规则。那就是除了反映内容、挖掘深度的不断深刻深入，题材、眼界、视野的不断拓展，创作手法的不断继承与创新发展外，还应注重细微处的诗艺——包括语言艺术、表现手法、切入方式、艺术视角等——的不断翻新、训练和尝试。书中所收入的就是这些努力和尝试的部分展现。比如：在对诗体形式建设方面的行数形制上，积极尝试探索三行体、四行体的微诗，五行、六行，十行内，十四行，二十行内的短制诗歌，也有诸如《殉难井》等长诗的训练；在诗体内部结构上，对诗歌的内在韵律、内部的分节方式尝试，主要有两行体、三行体、四行体、五行体，即分别以两行、三行、四行、五行……到底的形制，也有混合式、自由式体制、规律组合式形制；语言上的不断形象化，陌生化，融新锐精准美于自然行云中的不事雕琢化，而所有这些，均以不影响和更益于表达的自然、淋漓为前提。在题材分类、涉猎上，主要有：抒情，叙事，哲理——揭示生命生存生活的道理和即时感悟等——表现内容包括社会、时事、自然、人生、心灵、文化……既围绕乡村乡愁、乡村振兴主题，又不失丰富多样。等等，恕不一一。较同类和以往写作，本书的视野更开阔、体察更深入、认识体悟更通透、洞彻。

我信奉，同样的内容、含量，短诗一定比长诗好；宁愿把诗写得短一些，再短一些，哪怕因此让人质疑有无才华也绝不愿意有些微的冗长拖沓。去年，在读过我的上本诗集《对镜》之后，青年诗人、新秀诗歌评论家陈啊妮女士主动撰写了题为《现代诗歌中精神审美的"知与觉"——简评传凌云诗集〈对镜〉》的评论文章，该文后被刊发于《教师报》等多家省级以上报刊及新媒体平台。文章在充分肯定、剖析了诗集《对镜》及本人诗歌创作的现代知性、智性等特质后有这样的断言："从诗集中我们似乎可以获得一种启示，就是在涉及具体题材，诗人站在生活和存在的立场捕捉形象的语言、诗意，乃至探索现实、命运和际遇本体都是同等重要的问题，由此可以展开多维度'知与觉'的叩问，挖掘心中的大爱与深厚的哲思观念。"是的，一首诗可能是微小的，一本书可能是微小的，一个人可能是微小的，甚至一个群体、种族也是，但"微"与"小"中，内蕴着或许难以承受、不能穷尽的"重"与"大"。

感谢已经过去了的时间、既往的岁月！它让我在这几年及过去的岁月中基本没有浪费时光，浪费生命，至少留下了这些也许微不足道的心灵之光。个人也即社会、众生，我相信，它不仅是我个体的灵魂、履历，对待世界观察世界的成长成熟史的部分记录，也是社会的、众生的。愿所有人诗意栖居、生活安好！愿本书能为您带去此刻萦绕窗外荡漾于渭北大地上的浓浓春色，一并感谢历年来曾在我的学习、写作、生活中给予我帮助的所有领导、老师及亲人、朋友们，感谢在本书出版过程中给予大力支持的凌翔先生及花山文艺出版社！

2022.3